小學生
古文遊 ③

周蜜蜜 編著

中華教育

目 錄

人物介紹

何巧敏
女，小學生

唐向文
男，何巧敏的同學

宋導師
男，《小學生古文遊》網絡
主持人、導師

古文遊準備出發！

　　學校考試之後的第一個星期日，何巧敏和唐向文一起來到圖書館附近的休憩公園裏，放眼盡見花紅葉綠，又有清風徐來，感覺分外舒適、輕鬆。

　　何巧敏說：「馬上就要放假了，你有甚麼打算呢？」

　　唐向文說：

　　「我想用更多的時間去古文世界遊覽，然後再去現實中最有名的名勝古蹟旅行。」

　　何巧敏說：「很好啊，我也想這樣做！」

　　唐向文說：「無論做甚麼，我們都要抓緊時間了！你帶了《小學生古文遊》的電子書嗎？」

　　何巧敏立即亮出電子書，說：「當然了，這還用說嗎！」

　　唐向文說：「好得很！我們就抓緊時間學習新的一篇吧。」

第一遊——西晉義興

○ 進入
✕ 取消

原文

周處[1]除三害　《世說新語》

　　周處年少時，兇強俠氣[2]，為鄉里[3]所患[4]。又義興[5]水中有蛟[6]，山中有白額虎[7]，並皆暴犯[8]百姓。義興人謂為「三橫[9]」，而處尤劇[10]。或說[11]處殺虎斬蛟，實冀[12]三橫唯餘[13]其一。處即刺殺虎，又入水擊蛟。蛟或浮或沒[14]，行數十里，處與之俱[15]。經三日三夜。鄉里皆謂已死，更相慶[16]。竟殺蛟而出，聞里人相慶，始知為人情所患[17]，有自改意。

【注釋】

1. 周處：字子隱，西晉人。曾做過御史中丞，後為國
   戰死。

2. 俠氣：仗恃武力，好逞意氣。

3. 鄉里：同鄉的人。

4. 所患：以（周處）為禍患。

5. 義興：周處的家鄉，今江蘇省宜興市。

6. 蛟：古代傳說中獨角如龍的動物，民間相傳牠興風作
   浪，能發洪水。

7. 白額虎：額前有一撮白毛的老虎。

8. 暴犯：禍害侵犯。

9. 橫：兇暴蠻橫，不講理。粵 waang6（戶孟切），或
   waang4（華盲切）；曾 hèng。

10. 劇：厲害。

11. 或說：有人勸說。說：粵 seoi3（稅）；曾 shuì。

12. 冀：希望。

13. 唯餘：只剩下。

14. 或浮或沒：有時浮到水面，有時潛進水裏。

15. 俱：一起。

16. 更相慶：互相祝賀。

17. 人情所患：成為人們心中所忌憚的事物。

唐向文說:「這是一個痛改前非的故事吧?應該怎樣用現代語言解讀呢?」

何巧敏說:「我們馬上請《小學生古文遊》的網絡主持人宋導師來指導吧。」說着何巧敏按下一個電子鍵,宋導師出現在眼前。

宋導師點頭道:「歡迎來到西晉義興遊覽,請看!」

今讀

　　周處年輕的時候，是一個兇惡橫蠻，喜歡逞強生事的人，他為禍鄉里，惡名遠播，街坊人人都害怕他。那時在他的家鄉義興郡的大江中出現了一條蛟龍，在山上又有一隻兇惡的老虎，老虎和蛟龍都時常侵害老百姓，對老百姓造成很大的威脅，於是當地人就把周處跟蛟龍、猛虎合起來叫做「三害」，而「三害」中又以周處為禍最大。

　　有人勸說周處去殺虎斬蛟，希望這三害互相殘殺到只剩一個。於是，周處帶了弓箭上山，將兇惡的老虎殺了；然後又跑到蛟龍作惡的河邊，跳進水裏與蛟龍搏鬥。周處與蛟龍糾纏在一起，在水中或浮或沉。三天三夜過去了，都不見周處上岸，人們都以為他與蛟龍同歸於盡了。於是義興郡所有人都一起互相慶賀。

　　誰知周處在殺死蛟龍之後，浮出水面，游到岸邊。等他上了岸，看見人們都為他不在人世而

互相慶賀。他從未見過人們如此歡喜，於是醒悟到，原來自己在鄉民的眼中是那麼可厭；原來在義興，自己才是最大的禍害。他感到深深慚愧，從此以後便下定決心痛改前非，返回正途。

　　何巧敏說：「我還想請教宋導師，記載這個故事的《世說新語》是一部甚麼樣的作品呢？」

小寶典

　　《世說新語》又稱《世說》，是一本筆記小說集。全書分「德行」「言語」「政事」「文學」等三十六門，每門少則幾篇，多則數十篇乃至上百篇。內容主要記錄了漢末、魏、晉時期士大夫的言

談和軼聞趣事，反映了當時士族的精神面貌和社會風尚。全書語言精煉，善於通過言語和行為的描寫，刻畫人物的性格特徵。此書對後世筆記小說影響甚大，在中國小說中自成一體。書中不少故事，或為後世戲曲小說所取材，或成為詩文常用典故和成語。

本篇選自《世說新語》十五《自新》，歷史上周處是真有其人，但是否有「除三害」的事跡，至今已經難以考察了。

小提示

這篇文章講述了晉人周處為民除害，改過自新的故事，說明一個人只要有改惡從善的決心和行動，無論時候早晚，總會有所成就。文章寫得十分精煉，無論是周處早先的「兇強俠氣」、危害鄉里，還是後來勇於改過，痛改前非，都給人留下了深刻的印象。整個故事，情節曲折生動，引人入勝。

周處為害鄉里一節，沒有詳細描述，只用虎、蛟二害為陪襯，但「而處尤劇」四字，已足可令人

想像鄉民對周處的憎惡程度。文章結尾寫周處「有自改意」，雖然只是一筆帶過，但讀者卻可以從中窺探得他的內心世界。周處雖惡，但還是有純良的本質，得知自己原來為鄉人深惡痛絕時，猛然醒悟，從而產生了改過自新的念頭。從中讀者可以看出周處其實是一個具有很強的自尊心和反省能力的人。這故事也正說明了「知錯能改，善莫大焉」這句古話。

小分享

1. 我們要學會知錯能改。請舉出你所知道古今中外曾誤入歧途，後來認識錯誤，浪子回頭改過自新的成功例子。

2. 當你發現自己做錯事時，你會怎樣處理？有沒有自我反省，提醒自己以後不再犯錯呢？你認為怎樣做才可真正的改過？

放假第一天，何巧敏剛走出家門就見到唐向文。他滿頭大汗，手上拿着一瓶汽水。

「咦，一大早的，你就要喝汽水，很口渴嗎？」何巧敏忍不住問。

「是啊，我跑步鍛煉身體，早早起來跑了幾圈，覺得又熱又渴的。你手上拿的是《世說新語》嗎？」

「是啊，說到口渴，我剛看到書中有一個這樣的故事，不知道你有沒有興趣？」

何巧敏說。

「當然有興趣，我們馬上去古文中遊覽吧！」唐向文興奮地說。於是，他們找了個地方坐下來。何巧敏拿出《小學生古文遊》的電子書，打開了，說：

「你好好地讀這一篇吧。」

唐向文立即用心閱讀電子屏上顯示的文字 ——

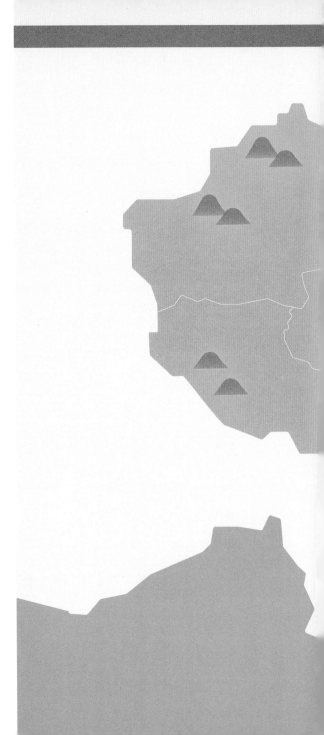

第二遊——東漢末年沛國

進入

取消

原文

望梅止渴　《世說新語》

魏武¹行役²失汲道³，軍皆渴，乃令曰：「前有大梅林，饒子⁴，甘酸可以解渴。」士卒聞之，口皆出水，乘⁵此得⁶及⁷前源⁸。

【注釋】

1. 魏武：即曹操，他曾封魏王，死後他的兒子曹丕稱帝，追尊他為武帝，故稱魏武。

2. 行役：行軍。

3. 失汲道：找不到通向水源的道路。
   汲：🔊 kap1（級）；🔊 jí。取水。

4. 饒子：果實很多。饒：多，豐富。子：果實。

5. 乘：趁。

6. 得：能夠，得以。

7. 及：到達。

8. 前源：前面有水源的地方。

「這個故事聽上去就讓人流口水啊！那麼用現代的語言，該怎樣解讀呢？」唐向文問。

今讀

　　東漢末年，曹操率領大軍出征，走了很長的路，卻找不到水源，全軍兵士都非常口渴。這時曹操想出一個計策，他對大家說：「前面不遠的地方有一大片梅子林，樹上結滿了酸甜的梅子，吃了可以生津解渴。」士兵們聽了，想起梅子的酸味，口水都流出來了，於是便感覺沒那麼渴。部隊繼續前進，不久終於找到有水源的地方，解決了缺水的困境。

唐向文說：「我明白了，這是個很有智慧的故事啊。」

何巧敏說：「曹操真聰明！他是一個怎樣的歷史人物呢？」

小寶典

　　曹操，（公元 155—220 年），字孟德，小字阿瞞，沛國譙縣人。是東漢末年著名軍事家、政治家和詩人，三國時代曹魏的奠基者和主要締造者。

　　本篇文章選自《世說新語》第二十七《假譎》，收錄的是人們狡智的言行。

宋導師說：「以下，我再給大家一些小小的提示。」

小提示

　　這一篇文章中，曹操充分利用了士兵的心理，用一個美麗的謊言及時地鼓舞軍隊的士氣，最終擺脫缺水的困境，達到了順利行軍的目的。由此可見，在某些特定的時刻，美麗的謊言不但是必須的，而且還會帶來意想不到的積極效果。

　　後來人們將這個故事概括為「望梅止渴」這一成語，比喻用空想來安慰自己或他人。從科學的角度，這個故事被解釋為條件反射的表現，因為人吃過梅子，知道它酸甜美味，所以聽到梅子就會流口水，這是一種高級的神經活動，與人們在生活中積累的經驗有很大的關係。如果曹操的士兵們從來沒有吃過梅子，不知道梅子生津止渴，那麼這個故事的結局就完全不同了。

在《世說新語》中，「望梅止渴」的故事非常簡短，只有四十個字，但已具備了基本的人物情節，構成了一篇「微型小說」。在著名的古典小說《三國演義》中，也描述了這一故事情節。

小分享

1. 你還能找到一些關於曹操的智慧小故事嗎？試與朋友們分享。

2. 用「望梅止渴」這個成語造句或寫一段話。

古文遊準備出發！

　　這一天，何巧敏在去圖書館的路上遇見唐向文。

　　「咦，你手上拿着的，是我們這些天都在讀的《世說新語》吧？」何巧敏問。

　　「你說對了。我越讀越想多讀一些，欲罷不能！」唐向文把書舉起來說。

　　「我正巧也在《小學生古文遊》中看到新的一篇故事，不如現在就一起出發吧。」

　　何巧敏提議。

　　「贊成！」唐向文說。

　　於是他們走到公園一角，坐下來開始閱讀電子書上的文字。

第三遊——東晉陳郡陽夏

○ 進入

✕ 取消

原文

白雪紛紛何所似　《世說新語》

謝太傅¹ 寒雪日內集²，與兒女³ 講論文義⁴。俄而⁵ 雪驟⁶，公欣然曰：「白雪紛紛何所似？」兄子胡兒⁷ 曰：「撒鹽空中差⁸ 可擬⁹。」兄女¹⁰ 曰：「未若¹¹ 柳絮因風¹² 起。」公大笑樂。

【注釋】

1. 謝太傅：即謝安，東晉著名的政治家，死後獲贈太傅官職，故後世稱他為謝太傅。

2. 內集：家人聚會。

3. 兒女：指家族內的後輩，不單指自己的兒子、女兒。

4. 文義：文章義理。

5. 俄而：一會兒。

6. 驟：急速。雪驟謂大雪紛飛。

7. 胡兒：即謝朗，字長度，小名胡兒。謝安之兄謝據的長子。官至東陽太守。

8. 差：差不多，大略。

9. 擬：比擬。

10. 兄女：即謝安長兄謝弈的女兒謝道韞（yùn），是古代
    著名的才女。

11. 未若：不如，比不上。

12. 因風：趁着風。

唐向文問：「這是一個和雪有關的故事吧？應該怎樣用今天的語言解讀呢？」

何巧敏說：「我們馬上請《小學生古文遊》的網絡主持人宋導師來指導吧。」

宋導師出現了，對大家說：「歡迎你們來東晉陽夏遊覽，請看！」

今讀

　　太傅謝安在一個嚴寒大雪的日子裏，聚集家裏的人，給子姪後輩講解詩文。過了一會兒，雪下得又急又大，謝安興致勃勃地問：「這紛紛的白雪像甚麼呢？」姪子胡兒說：「好似把鹽撒向空中，再紛紛落下來。」姪女謝道韞說：「不如說大雪好比柳絮隨風飄起，漫天飛舞。」謝安聽了，哈哈大笑，十分快樂。

　　何巧敏在旁問：「我還想請教宋導師，這個故事的主角謝安，是個甚麼樣的歷史人物呢？還有他的姪女謝道韞，年紀小小就這麼冰雪聰明，她長大以後有沒有成為名人呢？」

唐向文也提問道：「還有，我們已經讀了很多《世說新語》中的故事，那麼這本書的作者是個甚麼樣的人呢？」

小寶典

　　謝安（公元 320 — 385 年），字安石，陳郡陽夏，即現今河南省太康縣人，東晉時期的政治家、軍事家。他不僅調和了東晉內部的矛盾，還領軍擊敗前秦並且北伐，奪回了大片土地。當功成名就之時，他選擇激流勇退，不貪戀權位。因此被人們看作是良相的代表，「高潔」的典範。

　　謝道韞（約公元 376 年前後在世），陳郡陽夏（今河南太康縣）人。東晉女詩人。她是謝安的姪女，安西將軍謝奕的女兒，後來嫁給王羲之的兒子王凝之。她博覽羣書，聰慧能辯，有很好的文學素養，叔父謝安稱讚她有「雅人深致」。《三字經》中有「謝道韞，能詠吟。彼女子，且聰敏，爾男子，

當自警」等語。

　　《世說新語》的主要編纂者劉義慶（公元 403—444 年）出身於南朝劉宋宗室，是宋武帝劉裕的姪子，襲封臨川王。《世說新語》便是劉義慶與他的門客共同編撰而成的。本篇選自《世說新語》第二《言語》，收錄的都是時人雋語的故事。

　　　　宋導師說：「以下，我再給大家一些小小的提示。」

小提示

　　本文敍述了謝安與晚輩吟詩詠雪、家庭和樂的情景，故事中特別顯出謝道韞敏捷的才思。從兄妹倆的詠雪比喻中，可看出謝道韞才氣過人。謝安大大誇獎她，認為她比喻精妙、文思敏慧。

　　謝道韞以「柳絮」比雪，二者都是白色，而且輕盈柔軟，趁風而起，靈動飄忽；這一比喻，盡

顯雪花輕揚飛舞的神韻，同時也創造出一種優美的意境。

論自然，論情致，論韻味，以「柳絮因風起」詠雪就比「撒鹽空中」好得多了。謝道韞這一詠雪名句，也盛為傳誦。而後世的人們，就以「詠絮才」來稱讚有文才的女子。

小分享

1. 你見過下雪的景象嗎？你覺得飄雪像甚麼呢？
2. 蒐集描寫雪景的文章文字，找出你所喜愛的，並向同學說出喜愛的原因。
3. 你看過迪士尼童話電影《冰雪奇緣》嗎？試用你的想像力，和同學們合作，以接龍的方式，集體創作一個和冰雪相關的童話故事。

古文遊準備出發!

　　星期六上午,何巧敏與唐向文在居住的屋苑樓下見面了。

　　唐向文問:「這一次我們的古文遊,要向哪裏進發呢?」

　　何巧敏笑了笑,拿出《小學生古文遊》的電子書,打開了,說:

　　「你讀讀這一篇吧。」

　　唐向文點點頭,立刻用心閱讀電子屏上顯示出來的文字……

第四遊——南北朝丹陽秣陵

進入

取消

原文

答謝中書書（節錄）　陶弘景

山川之美，古來共談[1]。高峯入雲，清流見底。兩岸石壁，五色交輝[2]。青林翠竹，四時[3]俱備。曉霧將歇[4]，猿鳥亂鳴；夕日欲頹[5]，沉鱗[6]競躍。實是慾界之仙都[7]。自康樂[8]以來，未復有能與[9]其奇者。

【注釋】

1. 共談：人們共同的話題。

2. 交輝：交相輝映。

3. 四時：四季。

4. 歇：消散。

5. 頹：落下。

6. 沉鱗：潛泳水中的魚羣。

7. 慾界之仙都：指人間天堂的意思。

　　慾界：佛教把世界分為三界，其中之一是慾界，是有七情六慾的眾生所居之處，即指人間。

　　仙都：仙人居住的地方。

8. 康樂：即謝靈運，南朝劉宋著名詩人，生平喜好遊山玩水，亦以山水詩見長，襲封康樂公，故名康樂。

9. 與：參與，此處引申為領略、欣賞。

　　「請問宋導師，我們這次要去哪裏學習這篇古文呢？」唐向文問。

　　宋導師點頭道：「歡迎來到南北朝時期的南朝丹陽秣陵遊覽，請看！」

今讀

　　秀美的山川景色，自古以來就是人們共同的話題。高聳的山峯，插入雲端，清澈的溪流，一望見底。兩岸的石壁，色彩斑斕，相輝交映。青翠的竹林，四季長在。當清晨的霧氣漸散，傳出猿鳴鳥啼，此起彼伏；到傍晚夕陽西下的時候，水面上不斷閃現着魚兒競相躍出水面的點點鱗光。這真是人間仙境啊！可惜自從謝靈運以來，就再也沒有甚麼人能夠真正賞識山水的奇麗美妙了。

何巧敏說：「謝謝宋導師！這一篇文章的文字很優美，作者陶弘景是個甚麼樣的人呢？」

唐向文說：「我也想知道，這篇文章題目是《答謝中書書》，那謝中書又是甚麼人？陶弘景為甚麼要寫這篇文章？」

小寶典

　　陶弘景（公元 456 — 536 年），字通明，丹陽秣陵（在今江蘇省江寧縣東南）人。他學識淵博，在南齊時曾做官，後去官隱居於句容縣句曲山（今茅山）。梁武帝即位，屢加禮聘，固辭不就，但遇有朝廷大事往往向他諮詢，故當時被稱為「山中宰相」。

　　謝中書，即謝徵，字元度，陳郡陽夏人。曾任

中書舍人，即掌管朝廷機密的文書，所以稱之為謝中書。

　　本文是陶弘景給謝徵原信的一部分。信的內容主要描述山水景色。據《南史》本傳所說，陶弘景「性愛山水，每經澗谷，必坐臥其間，吟詠盤桓，不能自已。」在這篇短小的文字中，可以看出他對自然的鍾情和體悟。

　　看了以後，何巧敏和唐向文一起說：「謝謝宋導師指教！」

　　宋導師揮揮手：「不用謝。你們還要繼續留意學習，以下，我給大家一些小小的提示。」

小提示

　　這一篇文章，是陶弘景寫給朋友謝中書的一封信。題目中的「答」是「回覆……某人」「寫給……某人」的意思，「書」即書信。由於文詞優美，這篇文章成為六朝山水小品名作。當中寫山水景物，雖然只有六十八個字，但畫意無窮。

　　文章開頭有感而發：「山川之美，古來共談」，點出主題，統領全篇。作者表示，只有有高雅情懷的人，才可能品味山川之美，將內心的感受與友人交流，是人生一大樂事。作者正是將謝中書當作能夠談山論水的朋友，同時也期望着加入古往今來的林泉高士行列。

　　接下來具體描寫山上的景色，分別從山、水、石壁、林竹等着筆，勾勒出一幅山石絢爛，林木蒼翠的畫面。又描繪山林清晨的喧鬧和江湖黃昏的沉靜，傳達出江南山水特有的韻致，用筆洗練，意境清新。最後，以人間天堂來讚美自然景色，抒發奇景難得，知音更難求的感慨，與首句「古來共談」相呼應。文章末句「未復有能與其奇者」，用一

個「與」字，可說是千錘百煉，到此人與自然合而為一。

這篇文章的內容，雖然是書信的一部分，卻並不只是針對謝徵個人而發，文中美景的鋪述，實際上表達了與更多人共賞的期待。

還要留意的是，文中的句式對仗工整，或上下相對，如：「高峯入雲，清流見底。」或隔句相對，比如：「曉霧將歇，猿鳥亂鳴；夕日欲頹，沉鱗競躍。」所以，這篇文章基本是六朝流行的駢文形式。

小分享

1. 在你讀過的中外名著、童話故事中，仙境的景象是怎樣的？回想和蒐集一下，和同學交流。

2. 試回顧在你曾經去過的旅遊景點，有哪些和陶弘景描寫的景色相似地方？請記錄下來。

3. 利用假日，和家人或師友遊覽本地一個有名的公園，寫一篇遊記。

古文遊準備出發！

　　兩天後，唐向文和何巧敏在學校的閱覽室依約見面了。

　　唐向文問：「今天我們的古文遊，會有甚麼精彩之處呢？」

　　何巧敏笑了笑，拿出《小學生古文遊》的電子書，打開了，說：

　　「你來看這一篇吧，自然就會知道的了。」

　　唐向文點點頭，全神貫注地閱讀起電子屏上顯示出來的文字——

第五遊——南北朝時期吐谷渾國

歡迎來到今次的古文學習！

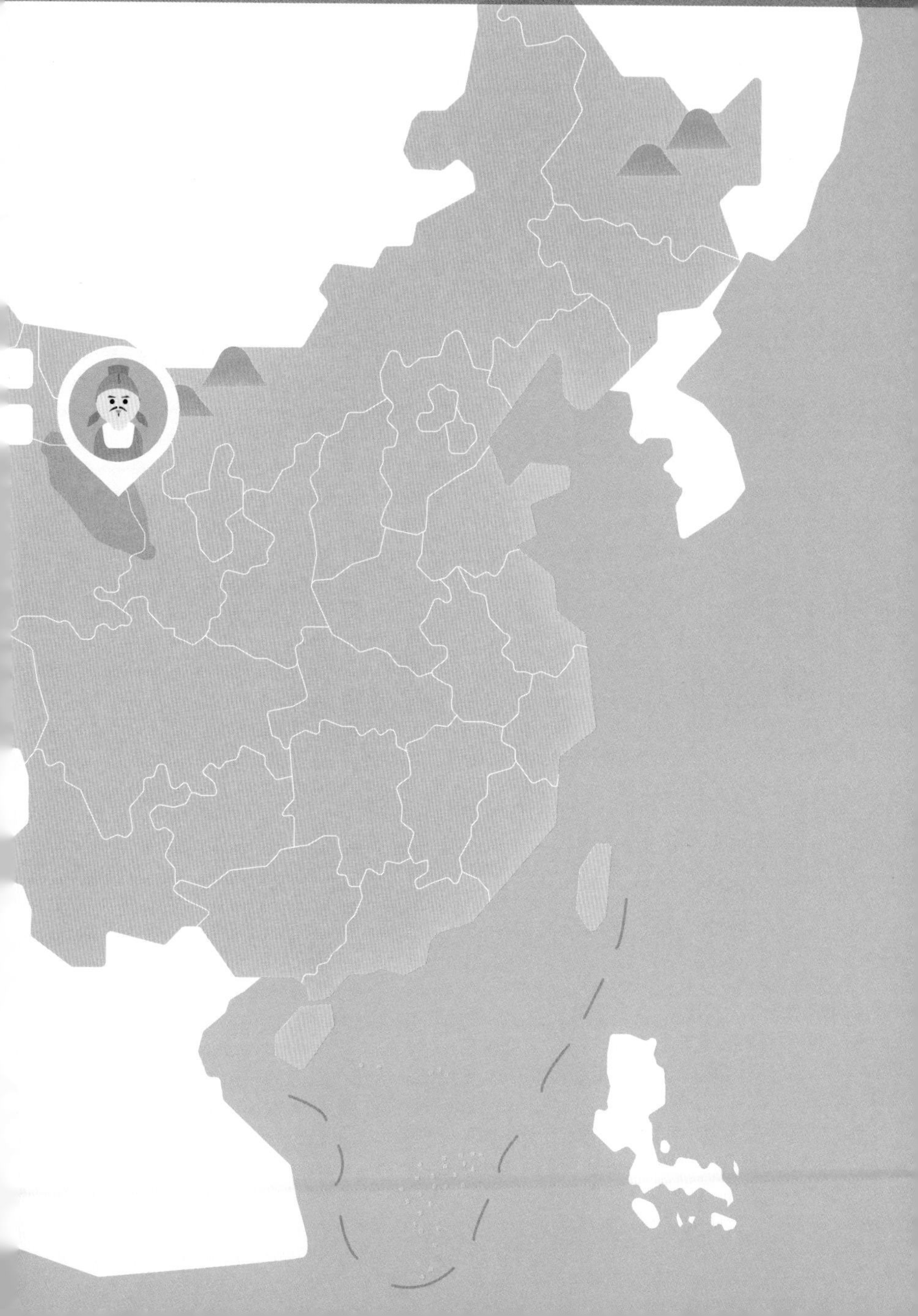

原文

折箭　《魏書》

　　阿豺[1]有子二十人，及老，臨終謂子曰：「汝等各奉[2]吾一支箭，折[3]之地下。」俄而[4]命母弟[5]慕利延曰：「汝取一支箭折之。」慕利延折之。又曰：「汝取十九支箭折之。」延不能折。阿豺曰：「汝曹[6]知否？單者易折，眾則難摧[7]，戮力[8]一心，然後社稷[9]可固。」

【注釋】

1. 阿豺：南北朝時吐谷渾國王。

2. 奉：進獻。

3. 折：弄斷。

4. 俄而：一會兒。

5. 母弟：同母所生的弟弟。

6. 汝曹：你們。

7. 摧：折斷。

8. 戮力：合力。戮：⟨粵⟩luk6（錄）；⟨普⟩lù。
9. 社稷：古時用作國家的代稱。稷：⟨粵⟩zik1（跡）；
⟨普⟩jì。

　　唐向文看完之後，問：「這段文字，用現代的語言，應該怎樣解讀呢？」

　　何巧敏說：「我們馬上請《小學生古文遊》的網絡主持人宋導師來指導吧。」說着她按下一個電子鍵，宋導師出現在眼前。

　　宋導師點頭道：「歡迎來到南北朝時期的吐谷渾國遊覽，請看！」

今讀

　　吐谷渾國王阿豺有二十個兒子，他臨死的時候，叫每個兒子給他一支箭。然後命令他的弟弟慕利延把其中一支箭折斷。慕利延毫不費力就做到了。接着，阿豺又命他把其餘的十九支箭一起折斷。結果，慕利延辦不到。阿豺對兒子們說：「你們都看到了，知道當中的道理嗎？一支箭力量分散容易被折斷，很多支箭在一起就難以被摧毀。你們要同心協力，國家才可以鞏固。」

　　唐向文說：「謝謝宋導師，我明白了。我還想請教宋導師，故事中的阿豺是一個甚麼樣的人？吐谷渾國又是甚麼地方？」

何巧敏說：「宋導師，我還想瞭解一下，寫這篇文章的作者魏收的生平事跡，以及《魏書》是一部甚麼樣的作品？」

小寶典

阿豺（？—公元 424 年）吐谷渾國王。吐谷渾是歷史上的少數民族國名，在今天的青海及四川松潘一帶。吐谷渾國王又稱沙洲刺史，阿豺為吐谷渾王國統治者之一，謚號威王，在位時間為公元 418 年至公元 424 年。

魏收（公元 506—572 年），字伯起，小字佛助。北魏時任散騎常侍，編修國史。北齊時任中書令兼著作郎，奉詔編撰《魏書》。

《魏書》是紀傳體的北魏史，《二十四史》之一，撰於北齊天保二年至五年間（公元 551—554 年）。本文選自《魏書》卷一零一，《列傳》第八十九《吐谷渾傳》。

宋導師說：「以下，我再給大家一些小小的提示。」

小提示

　　這篇文章記載了南北朝時期的歷史故事，年老的吐谷渾國王阿豺臨終前對兒子們發出了告誡。他採用「折箭」的特別遺訓，語重心長地告誡他們要團結一心。歷史上有太多的教訓，如果王室內部發生權力爭奪，必然導致國亡家破的局面。阿豺的二十個兒子對皇室來說，既是寶貴的人力資源，但也可能成為禍患的根源，關鍵在於他們能否和睦相處。後人用這個典故告訴人們「一箭易折，十箭難斷」，團結起來力量大，眾志成城保國家。

小分享

1. 為甚麼說「團結就是力量」？試用生活中的例子來解釋。

2. 找出一些和「團結就是力量」的同義詞，比如：「眾志成城」「萬眾一心」「眾人拾柴火焰高」「一枝竹仔易折彎……」等等。

3. 你認為兄弟姊妹、同學之間怎樣做才是團結？向大家談談你的看法。

我們兩人團結一心，也有很大力量，比如一個人就折不斷兩台平板電腦。

古文遊準備出發！

　　這天清晨，唐向文來到公園裏，一眼看到何巧敏剛剛在開放的一棵花旁邊，俯下身子，全神貫注地看着，便輕輕地走過去。

　　「嗨，你很早就到這裏了嗎？」唐向文問。

　　「嗯，有好一會兒了，這些花開得真美麗啊。」何巧敏說。

　　「的確是哩。我們今天的古文遊，也能去美麗的地方嗎？」唐向文又問。

　　「當然了。」何巧敏說着，拿出《小學生古文遊》的電子書，打開了，說：「你來看這一篇吧，自然就會知道的了。」

　　唐向文點點頭，立刻用心閱讀電子屏上顯示出來的文字……

第六遊——唐代安陸

原文

春夜宴從弟[1]桃李園序[2]　李白

　　夫天地者，萬物之逆旅[3]也；光陰者，百代[4]之過客[5]也。而浮生[6]若夢，為歡幾何[7]？古人秉燭夜遊[8]，良有以也[9]。況[10]陽春召我以煙景[11]，大塊假我以文章[12]。會桃花之芳園[13]，序[14]天倫[15]之樂事。羣季[16]俊秀[17]，皆為惠連[18]；吾人[19]詠歌[20]，獨慚康樂[21]。幽賞未已[22]，高談轉清[23]。開瓊筵以坐花[24]，飛羽觴而醉月[25]。不有[26]佳詠，何伸雅懷[27]？如詩不成，罰依金谷酒數[28]。

【注釋】

1. 從弟：即堂弟，但在唐代凡同姓即可結為兄弟叔姪，所以從弟未必有血緣關係。

2. 序：文體的一種。古人宴飲，每推舉一人撰寫文章，記述聚會酬唱的緣起，並多作為當時所作詩歌的總序，如王羲之的《蘭亭集序》；後來這類文章獨立成篇，無詩配合亦可單作，如本篇即是。

3. 逆旅：客舍，旅館。

4. 百代：很長的歲月。

5. 過客：過路的旅客。

6. 浮生：對人生的一種消極看法，認為世事無定，生命脆弱，飄浮不着實。

7. 幾何：多少。

8. 秉燭夜遊：舉着蠟燭晚上出遊。語出《古詩十九首》：「晝短苦夜長，何不秉燭遊？」有人生短促、當及時行樂的意思。秉：🔵 bing2（丙）；🔵 bǐng。握。燭：蠟燭。

9. 良有以也：真是有道理啊。良：的確，真的。以：通「因」，因由，緣故。

10. 況：況且，何況。

11. 陽春召我以煙景：春天以美麗的景色來吸引我。陽春：温暖的春天。召：一作「招」，招喚，引申為吸引。煙景：指春天朦朧的景色。

12. 大塊假我以文章：大地賜我各種美景。大塊：大地。假：借，這裏含有「提供」的意思。文章：原指色彩錯雜的花紋，此指大自然中各種景象、色彩等。

13. 會桃花之芳園：在芬芳的桃花園中聚會。「桃花」一作「桃李」。

14. 序：通「敍」，敍說、抒發、表達。

15. 天倫：指父子、兄弟等親屬關係，這裏專指兄弟。

16. **羣季**：數位弟弟。季：古人兄弟按年齡排行，稱「伯、仲、叔、季」，季在此指代弟弟。

17. **俊秀**：原指容貌清秀美麗，此指才智傑出。

18. **惠連**：即謝惠連，南朝宋代文學家，自幼聰慧，十歲便能作文，與族兄謝靈運並稱「大、小謝」。

19. **吾人**：即「吾」，我。

20. **詠歌**：作詩吟詠。

21. **獨慚康樂**：自愧不如謝靈運。

22. **幽賞未已**：意謂幽雅地欣賞夜景還沒有盡興。幽賞：沉靜、安閒地欣賞。未已：沒有停止。

23. **高談轉清**：高談闊論中話題變得清雅。轉：轉入。

24. **開瓊筵以坐花**：擺開美好的筵席，並在花叢中落座。開：舉行，設置。瓊：美玉，這裏用來形容筵席之精美。筵：宴飲時陳設的座位。

25. **飛羽觴而醉月**：飲酒像飛一樣快，醉於月下。羽觴：古代酒器。觴：粵 soeng1（傷）；普 shāng。

26. **不有**：沒有。

27. **何伸雅懷**：怎能抒發高雅的情懷。

28. **罰依金谷酒數**：意謂罰酒三杯。晉代富豪石崇家有金谷園，石崇常在園中與友人宴飲，即席賦詩，不會作的要罰酒三杯。石崇《金谷序》中有「遂各賦詩，以中懷。或不能者，罰酒三斗」的句子。

何巧敏說：「唐代著名的大詩人李白，寫的文章也非常優美啊。」

宋導師點頭道：「歡迎來到唐代安陸遊覽，請看！」

今讀

天地好比是萬物的旅舍，時光是古往今來的過客，流轉不定的人生，就像是夢境變幻，所得到的歡樂，能有多少呢！古人在夜間手持蠟燭，盡情遊玩，確實是有道理的。況且這春天溫暖，輕煙淡霧瀰漫着，仿如用絢麗的景色召喚我，大

自然把各種美好的風光呈現在我們面前，因此，我李白和同族兄弟，相聚在桃花飄香的花園中，暢談兄弟之間的賞心樂事。兄弟們英俊聰敏，個個都有謝惠連那樣的才情；而我吟詩作賦，卻慚愧不能和謝靈運相比。大家對幽雅的景致觀賞未盡，高談闊論又轉向清新的話題。擺開華麗的筵席來觀賞名花，大家在花叢裏就坐，不停地傳遞着酒杯，醉倒在月色之下。沒有美妙的詩章，怎能抒發風雅的情懷！於是立下約定：如果誰作詩不成，就按照金谷園宴會的規矩罰酒三杯。

何巧敏說：「宋導師，我還想進一步瞭解李白的生平事跡和文學成就。」

小寶典

李白（公元 701—762 年），字太白，號青蓮居士。唐代詩人。原籍隴西成紀（今甘肅秦安縣），祖先在隋末被放逐到碎葉（今中亞地區）。李白的出生地尚無定論，只知他少年時居於四川青蓮鄉。四十多歲時進京，曾獲唐玄宗賞識，但後因得罪權貴而失意離京。安史之亂時，李白被永王李璘延攬為幕僚，後來永王起兵造反，李白受到牽連，流放夜郎（今貴州省西部），幸中途遇赦。晚年依附族叔當塗縣令李陽冰，最後病逝於當塗，終年六十二歲。

李白是著名的詩人，他的詩題材廣泛，內容豐富，每以大膽的誇張、奇特的想像和豪放的語言，構成各種豐富的意象。由於他的詩歌風格浪漫，所以後人尊稱他為「詩仙」，還有「詩俠」「酒仙」「謫仙人」等稱呼，是非常傑出的浪漫主義詩人。

等大家看完後，宋導師說：「以下，我再給大家一些小小的提示。」

小提示

　　這篇序文是李白於公元733年前後在安陸寫的。他與同姓兄弟們共聚，飲宴於桃花盛開的園林，賦詩詠懷，暢敍天倫之樂。李白以詩筆行文，寫下這篇序言，將景、情、思融為詩一般飄逸出凡的美麗意境，表達了浮生若夢，及時行樂的觀點。

　　文章一開頭便從「人生如寄」說起。作者說天地是世間萬物寄住的旅舍，光陰歲月不過是千年百代的匆匆過客，人生在世，有如大夢一場，歡樂的日子能有多少呢？既然如此，就要懂得欣賞和珍惜生命中美好的時刻。文中處處顯現出作者熱愛生命、熱愛生活的情懷，以及高雅脫俗的情趣。

　　全文只有一百多字，但緊扣題目，寫得非常凝煉。通篇着意在一個「夜」字。由題中「夜筵」想

到秉燭夜遊，再回到春夜宴於桃花園的現實。最後，作者寫宴飲時的情景，以豪情逸興作結。敘寫很有層次，而又轉折自如。

這是一篇風格清新，豪情洋溢的文章。作者想像奇特，如寫春景，說是景色「召我」「假我」，「召」「假」二字將「陽春」「大塊」擬人化，構思相當新奇。全篇文章藝術風格瀟灑而豪邁，令讀者千古傳頌。

小分享

1. 你喜歡讀李白的詩嗎？回想一下所讀過的，找出最愛的一首，和同學交流。

2. 你有沒有試過在中秋之夜提燈籠賞月？感覺是怎麼樣的？用文字來表達一下。

古文遊準備出發！

　　時隔幾天，唐向文和何巧敏又在圖書館的自修室見面了。

　　唐向文說：「古文遊的天地，真是越遊越精彩了。我們今天會去哪裏呢？」

　　何巧敏拿出《小學生古文遊》的電子書，打開了，說：「你讀讀這一篇吧。」

第七遊——唐代河南南陽

○ 進入
✕ 取消

雜說四　韓愈

原文

　　世有伯樂[1]，然後有千里馬[2]。千里馬常有，而伯樂不常有，故雖有名馬，祇辱[3]於奴隸人[4]之手，駢死於槽櫪之間[5]，不以千里稱也[6]。

　　馬之千里者，一食[7]或盡粟一石[8]。食馬者[9]，不知其能千里而食也。是馬[10]也，雖有千里之能，食不飽，力不足，才美[11]不外見[12]，且欲與常馬等不可得[13]，安[14]求其能千里也？

　　策[15]之不以其道[16]，食之不能盡其材[17]，鳴之而不能通其意[18]，執策[19]而臨之[20]，曰：「天下無馬。」嗚呼！其[21]真無馬邪[22]？其真不知[23]馬也！

【注釋】

1. 伯樂：本是星名，相傳是天上的掌馬星，後來借指擅長相馬的人。春秋秦穆公時，有一個叫孫陽的人，善於相馬，因此也被稱為「伯樂」。「伯樂」相馬的故事見《戰國策‧楚策四》。

2. 千里馬：一天能走一千里的好馬。

3. 辱：受到屈辱。

4. 奴隸人：地位低賤的傭人，這裏指馬伕。

5. 駢死於槽櫪之間：指千里馬和普通的馬混在一起，一同死在馬棚裏。槽：粵 cou4（曹）；普 cáo。餵牲畜飼料的器具。櫪：粵 lik1（礫）；普 lì。馬棚。

6. 不以千里稱也：不因為能夠日行千里而出名啊。

7. 一食：吃一頓。

8. 或盡粟一石：有時要吃一石小米。或：有時。粟：小米。石：粵 daam3（擔）；普 dàn。古時重量單位。

9. 食馬者：餵馬的人。食：粵 zi6（飼）；普 sì。同「飼」，作動詞用，餵養。與下文「而食也」及「食之不能盡其材」的「食」同。

10. 是馬：這匹馬。

11. 才美：指才能和好處。

12. 不外見：不在外表上顯露出來。見：粵 jin6（現）；普 xiàn。同「現」。

13. 且欲與常馬等不可得：要得到和一般的馬同等的待遇尚且辦不到。

14. 安：怎能。

15. 策：馬鞭。這裏作動詞用，泛指駕馭、役使。

16. 不以其道：不用駕馭千里馬的方法。

17. 不能盡其材：不能按千里馬的食量供給飼料。

18. 不能通其意：不明白千里馬嘶叫所表達的意思。

19. 執策：拿着馬鞭。

20. 臨之：面對着千里馬。

21. 其：通「豈」，難道。

22. 邪：❸ yé。語氣詞，表示疑問。

23. 不知：不識。

何巧敏說：「現在就請《小學生古文遊》的網絡主持人宋導師來指導我們閱讀這篇文章吧。」

宋導師點頭道：「歡迎來到唐代的河南南陽遊覽，請看！」

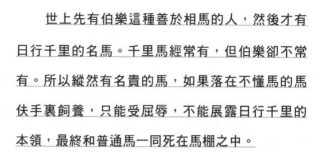

世上先有伯樂這種善於相馬的人，然後才有日行千里的名馬。千里馬經常有，但伯樂卻不常有。所以縱然有名貴的馬，如果落在不懂馬的馬伕手裏飼養，只能受屈辱，不能展露日行千里的本領，最終和普通馬一同死在馬棚之中。

千里馬有時一頓要吃一石小米，如果餵馬的人不按照牠的需要去餵養，只按照普通馬的食量餵飼，那麼即使牠本來可以日行千里，但因吃不飽，力氣不足，牠超凡的才能就不能表現出來，得到的待遇有時甚至連普通的馬也不如，又怎麼能夠要求牠走千里路呢？

驅策千里馬時不能用正確的駕馭方法，餵養又不能滿足牠的食量，聽到牠嘶叫時又不明白牠要表達的意思。拿着馬鞭面對着千里馬，卻慨歎天下無好馬。難道真的沒有千里馬嗎？其實是人們不懂相馬罷了！

唐向文說:「謝謝宋導師,我明白了。我還想瞭解一下,寫這篇文章的作者韓愈的生平事跡,以及他有些甚麼文學成就。」

小寶典

　　韓愈(公元 768 — 824 年),字退之,唐代文學家、哲學家、思想家。唐代河南南陽(今河南省孟縣)人。貞元八年進士。韓愈性情剛直敢言,元和十四年,唐憲宗欲迎佛骨入宮廷,羣臣不敢反對,只有韓愈挺身而出,言辭激烈地上表力諫。他還具有一般文人少有的處理軍事的才能,曾輔佐宰相裴度平定淮西,晚年又奉命成功撫平鎮州叛軍,因而蘇軾稱讚他「勇奪三軍之帥」。

　　韓愈是唐代散文名家,大力倡導「古文運動」,反對當時單純追求形式的風氣,力倡三代兩漢的古樸文風。因為他提出明確的理論,本身寫文章時又能實踐示範,加上好友柳宗元等的響應,「古文運動」漸成氣候;他後來更被列為「唐宋八大家」之

首，同時也是對宋代作家極有影響的詩人。

　　「雜說」是文藝性較強的短篇論說文，不拘一格，類似現代的隨筆、雜感，以及報刊上的專欄雜文。韓愈有《雜說》四篇，是一組短論，皆託物寄意之作，這裏選的是第四篇。因所寫的是馬，所以後世也有人把題目改為《馬說》。

　　等大家看完後，宋導師說：「你們還要繼續用心學習，以下，我給大家一些小小的提示。」

小提示

　　這篇文章，是用託物寓意的方法，寫出作者對當時的讀書人受到不公平的待遇，不能發揮所能的「鳴不平」之作。

　　本文借馬與伯樂喻指在位者未能知人善任。通過千里馬不能遇到伯樂，說明許多具有才能的人，往往不能被賞識和任用，以致潦倒終身，默默無

聞。這篇文章，以伯樂比喻能識別人才的賢達，食馬者比喻埋沒人才的統治者。

全文分三個自然段，第一段指出千里馬不遇伯樂，就會被埋沒、糟蹋，說明伯樂的可貴之處在於識馬。第二段說明千里馬離開了應有的飼養環境，就不能施展牠的才能，進一步論證識馬的重要性。第三段描述了那種不識千里馬而空喊「天下無馬」的庸人，與開頭提出識馬的重要性遙相呼應。全篇緊緊圍繞中心主線，層層深入地進行論證，給人警示和啟發。文章論述的是識別人才的問題，而通篇卻沒有一句提到人才。作者巧妙地設喻，把千里馬比作人才，把伯樂比作慧眼識英才的人，寓深刻的哲理於具體的形象之中。

小分享

1. 你覺得家人、老師和同學能瞭解你嗎？談談你的感受。

2. 你的興趣是甚麼？有甚麼才幹？請儘量列寫出來。

古文遊準備出發！

　　這天，唐向文走在大街上，見到前面有一羣人在派傳單，好不熱鬧。他過去一看，原來是附近的一個新屋苑建成了，一些房地產推銷員正在招攬人去看示範單位。

　　一會兒，何巧敏也走過來了，對唐向文說：「咦，你在這裏做甚麼？對新房子有興趣嗎？」

　　唐向文說：「我們家現在住的房子已經很好啦，我只是路過看看熱鬧。」

　　何巧敏說：

　　「那就快走吧，抓緊時間去古文世界。今天我們要學習的一篇古文，也是和居住的環境有關的。」

　　唐向文興奮地說：「真的嗎？」

　　何巧敏拿出《小學生古文遊》的電子書，打開了，說：「你讀讀這一篇吧。」

第八遊——唐代和州

○ 進入
✕ 取消

原文

陋室銘　劉禹錫

　　山不在高，有仙則名¹，水不在深，有龍則靈²。斯是³陋室，唯⁴吾德馨⁵。苔痕上階綠⁶，草色入簾青⁷。談笑有鴻儒⁸，往來無白丁⁹。可以調素琴¹⁰，閱金經¹¹。無絲竹之亂耳¹²，無案牘之勞形¹³。南陽諸葛廬¹⁴，西蜀子雲亭¹⁵。孔子云：「何陋之有¹⁶？」

【注釋】

1. 有仙則名：有仙人居留便名聞遠方。

2. 有龍則靈：有蛟龍潛藏就有靈氣。

3. 斯是：「斯」「是」都是指示代詞，無論單用或連用，都解作「這」。

4. 唯：語氣詞，這裏有「只因為」的意思。

5. 馨：能散佈到遠處的香氣。《左傳・僖公五年》：「黍稷非馨，明德惟馨」，以香氣比喻美好的德行。

6. **苔痕上階綠**：青苔長到台階上去，使台階都綠了。

7. **草色入簾青**：青青的草色透過竹簾映入室內，使陋室裏也帶有青草的碧綠色。

8. **鴻儒**：學識淵博的學者。

9. **白丁**：無官職的平民百姓，這裏指沒有文化修養的人。唐代服色，以黃赤色為最高貴，紅紫為上等，藍綠次之，黑褐最低，白色則為無官職者所服。

10. **調素琴**：彈奏不加雕飾、樸素無華的琴。調：撫弄。素：無雕飾。

11. **金經**：用泥金（一種金色顏料）書寫的佛經。

12. **無絲竹之亂耳**：沒有嘈雜的音樂擾亂聽覺。絲竹：「絲」指絃樂器；「竹」指管樂器。絲竹合稱，泛指音樂。

13. **無案牘之勞形**：沒有繁忙的公務傷神勞身。案牘：指官場文書。牘：粵 duk6（讀）；普 dú。勞形：使身體勞苦。

14. **南陽諸葛廬**：指三國時期政治家諸葛亮，未出山前隱居的南陽草廬。

15. **西蜀子雲亭**：西漢文學家揚雄（字子雲）在蜀郡成都所建的「草玄堂」。

16. **何陋之有**：有甚麼簡陋的呢？語出《論語‧子罕》：「君子居之，何陋之有？」

何巧敏說:「我們現在就請《小學生古文遊》的網絡主持人宋導師來指導吧。」

宋導師點頭道:「歡迎來到唐代和州遊覽,這篇文章主要講述陋室不陋,請看!」

今讀

山不在於高,有了仙人隱居,就會出名。水不在於深,有了龍潛泳其中,就顯得有靈氣。屋子雖然簡陋,但因為居住其中的我品德美好,就不覺得簡陋了。青苔碧綠,長到台階之上,草色

青翠，映入簾子之中。常到這裏與我談笑的，是博學多才的學者，往來走動的，沒有粗俗無知的庸人。閒來我可以彈奏樸素的古琴，閱讀泥金書寫的佛經。沒有嘈雜的音樂擾亂耳朵，沒有官府公文勞累身心。我的屋子就好比南陽諸葛亮的草廬，又似西蜀揚子雲的玄亭。誠如孔子所說：「只要君子居住其中，（陋室）又有甚麼簡陋呢？」

　　唐向文說：「謝謝宋導師，我明白了，這篇談居室的文章寫得真好！我還想瞭解一下，作者劉禹錫的生平事跡，以及他有些甚麼文學成就。」

何巧敏說：「我還想請教宋導師，『銘』是一種甚麼樣的文體？」

小寶典

劉禹錫（公元 772—842 年），字夢得，唐代洛陽（今河南省洛陽市）人。貞元年間進士，因參加了王叔文的政治改革，失敗後被貶。劉禹錫在五十多歲時，被貶到和州出任刺史。一般認為，劉禹錫的陋室就是建於這個時期。他是中唐時著名詩人，與柳宗元、白居易齊名。他的詩通俗清新，學習民歌所創作的《竹枝詞》《楊柳枝詞》等，新鮮活潑，非常接近口語，為唐詩中別開生面之作。

「銘」是文體的一種，通常篇幅簡短，本是刻於金屬器具和碑文上的一些對物主讚頌或警誡性的文字，後來逐漸發展演變為一種獨立的文體。可用於頌揚功德，更常用於申明鑒戒，如座右銘、器物銘、室銘等。銘文的特點是：形式短小，文字簡

潔，內容含蓄，寓意深刻。一般要押韻，屬於韻文類。

宋導師說：「以下，我再給大家一些小小的提示。」

小提示

　　這是一篇銘文，作者通過對自己簡陋居室的描寫，強調陋室不陋，其實是頌揚潔身自愛，安貧樂道，不與世俗權貴同流合污的高尚情操。

　　作者先以名山靈水作為陪襯，為陋室正名。天下山川，只要能隱仙臥龍，就會聲名遠播，引起世人的嚮往；此時山的高低、水的深淺已不是品評、衡量山水是否「名」與「靈」的尺度了。同樣道理，一間居室的價值，關鍵也在於住在裏面的人品格如何，而不在於它是金碧輝煌還是樸素簡陋。陋室自會因主人的高潔品性揚名。所以，作者才會自豪地說：「斯是陋室，惟吾德馨。」

　　作者對陋室的描寫，可謂井然有序。第一層用對偶句「苔痕上階綠，草色入簾青」，點染陋室環境幽靜；「上」「入」二字化靜為動，似乎青苔綠草也有了靈性。第二層用另一組對偶句「談笑有鴻儒，往來無白丁」，寫室中往來的人，渲染陋室氣氛的高雅。第三層寫室中所行之事：作者以調琴、讀經抒寫獨處陋室的閒適情致；「亂」「勞」二字，寫盡對世俗和官場生活的厭倦，並流露出孤芳自賞的情緒。

　　文章結尾作者引「諸葛廬」「子雲亭」對舉，進一步突出題旨，作者以歷史上著名的政治家、文學家自比，將自己的住所提升到「有君子所居」的位置，含有與古代名士志趣相同的自豪。銘文最後引用孔子名言作結，與開頭的「德馨」遙相呼應，結構十分嚴謹、完整。《論語》原文是「君子居之，何陋之有？」因此文中「何陋之有」實際上隱含「君子居之」之意，表達了作者追求高尚道德的堅定信念。

　　從藝術上看，這篇文章行文簡練優美，採用了多種的寫作手法：有譬喻，有對比，有隱寓，有用典，句句擲地有聲。它又有銘文富有韻律感的優點，全文押韻，讀來使人倍覺聲韻鏗鏘。

小分享

1. 參觀一間歷史名人的故居，把你的感想寫下來。
2. 有沒有設想過，你的理想家居是怎樣的？和同學、朋友討論一下。
3. 蒐集和閱讀香港公屋的發展歷史資料。
4. 試描述你家居內外的環境，並說說你的感覺。

古文遊準備出發！

　　這天何巧敏拿着一袋紅彤彤的荔枝，依約和唐向文見面。

　　「哈哈，你怎麼知道我愛吃荔枝？專門拿來請我吃的嗎？」

　　唐向文開心地說。

　　「荔枝這麼好吃，誰不喜歡呢？今天我們的古文遊，是和荔枝有關的，所以我就帶荔枝來了。」

　　何巧敏說。

　　「很好啊，我們可以一邊吃荔枝，一邊去遊覽啦！」

　　唐向文喜孜孜地說。

　　「饞得你，快走吧。」何巧敏笑着說。

第九遊——唐代忠州

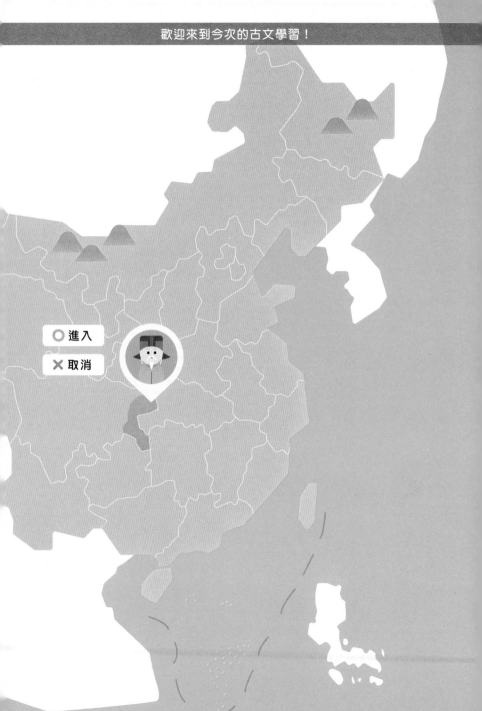

進入

取消

原文

荔枝圖序　白居易

荔枝生巴峽間[1]，樹形團團如帷蓋[2]。葉如桂[3]，冬青。華如橘[4]，春榮[5]。實如丹[6]，夏熟。朵[7]如葡萄，核如枇杷，殼如紅繒[8]，膜如紫綃[9]。瓤肉瑩白[10]如冰雪，漿液甘酸如醴酪[11]。大略如彼[12]，其實過之[13]。若離本枝，一日而色變，二日而香變，三日而味變；四五日外，色香味盡去矣[14]。元和十五年夏、南賓守樂天[15]命工吏圖而書之[16]，蓋為不識者與識而不及一二三日者云[17]。

【注釋】

1. 巴峽間：指今長江三峽一帶。巴：現在四川省東部。

2. 團團如帷蓋：樹的外形圓圓的，好像車的帳幔。帷蓋：古代車上用來遮蔽風日的圓形帳幔和頂蓋。

3. 桂：這裏指桂樹的葉子。

4. 華如橘：花長得像橘樹的花。橘樹春夏開白色花。「橘」俗作「桔」。華：⑲ faa1（花）；⑳ huā。古文通「花」。

5. 榮：這裏是開花的意思。

6. 實如丹：果實的顏色好像朱砂那樣紅。

7. 朵：成簇的果實。

8. 繒：⑲ zang1（增）；⑳ zēng。絲織品的總稱。

9. 綃：⑲ siu1（消）；⑳ xiāo。用生絲織成的絲織品。

10. 瓤肉瑩白：果肉晶瑩潔白。瓤：⑲ nong4（囊）；⑳ ráng。果肉。

11. 漿液甘酸如醴酪：果汁甜酸，好像甜酒和奶酪的味道。漿液：果汁。醴：⑲ lai5（禮）；⑳ lǐ。甜酒。酪：奶酪。

12. 大略如彼：大概如上所說的各樣東西。大略：大概，大致。

13. 其實過之：它實際上比上面所說的還要好。過：超過。

14. 盡去矣：全都沒有了。去：消失。

15. 南賓守樂天：南賓郡太守白居易。南賓：又名忠州，
　　即今四川省忠縣。守：太守，漢代指州一級的長官，
　　這裏沿用舊稱；唐時稱刺史。白居易於元和十四年任
　　忠州刺史，故自稱南賓守。樂天：白居易的字。

16. 命工吏圖而書之：讓掌管書畫的小吏畫下荔枝的樣子
　　並寫下這段文字。圖：繪圖，畫。書：題字。

17.「蓋為」句：為了給那些沒有見過荔枝，以及雖見過
　　但不是在頭三天內見到的人看的。蓋：用在句首，表
　　示說明原因。云：句末語氣詞，表示敘述完畢。

　　唐向文看完之後，說：「這篇和荔枝有關
的文章是有名的詩人白居易寫的。用現代的語
言，應該怎麼樣解讀呢？」

　　宋導師點頭道：「那麼我們就先去唐代忠
州遊覽吧，請看！」

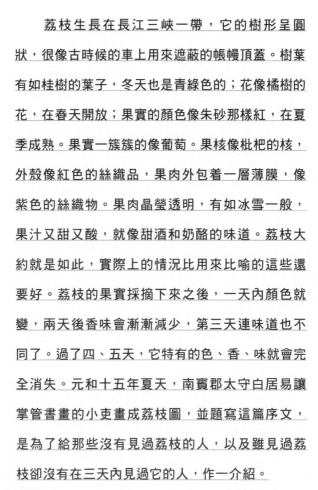

今讀

荔枝生長在長江三峽一帶，它的樹形呈圓狀，很像古時候的車上用來遮蔽的帳幔頂蓋。樹葉有如桂樹的葉子，冬天也是青綠色的；花像橘樹的花，在春天開放；果實的顏色像朱砂那樣紅，在夏季成熟。果實一簇簇的像葡萄。果核像枇杷的核，外殼像紅色的絲織品，果肉外包着一層薄膜，像紫色的絲織物。果肉晶瑩透明，有如冰雪一般，果汁又甜又酸，就像甜酒和奶酪的味道。荔枝大約就是如此，實際上的情況比用來比喻的這些還要好。荔枝的果實採摘下來之後，一天內顏色就變，兩天後香味會漸漸減少，第三天連味道也不同了。過了四、五天，它特有的色、香、味就會完全消失。元和十五年夏天，南賓郡太守白居易讓掌管書畫的小吏畫成荔枝圖，並題寫這篇序文，是為了給那些沒有見過荔枝的人，以及雖見過荔枝卻沒有在三天內見過它的人，作一介紹。

何巧敏說：「宋導師，我還想再進一步瞭解作者白居易的生平事跡，以及他的文學成就，請您多指教！」

小寶典

　　白居易（公元 772—846 年），字樂天，晚年信佛，自號香山居士。唐代著名詩人，下邽（今陝西省渭南縣）人。他自幼聰慧，刻苦讀書，貞元十六年（公元 800 年）登進士第。曾任杭州、蘇州等地刺史，七十一歲時以刑部尚書的官銜引退。綜觀他的一生，雖曾一度被貶，但基本算得上是仕途順利。由於他出身於中下階層，從困苦的環境中奮鬥成長，所以深知社會種種弊端，亦能體察民間疾苦。

　　白居易很重視文學的諷諭功能，主張「文章合為時而著，歌詩合為事而作」；他與元稹常相唱和，在中唐時期掀起了一場「新樂府運動」。他的散文和詩的風格一樣，語言通俗，平易流暢。

　　荔枝原產於廣東、福建等地，唐代在長江三峽一帶也有出產。這種名貴的果品不耐久藏，幾天後色香味全變，因而當時北方很難見到新鮮荔枝。元和十四年，白居易任忠州刺史（在今長江三峽附近）。次年，他見到這裏出產的新鮮荔枝，便請人繪圖，並親自寫下了這篇序文，加以介紹。

看了以後，何巧敏和唐向文一起說：「謝謝宋導師指教！」

宋導師揮揮手說：「不用謝。你們還要繼續用心學習，以下，我給大家一些小小的提示。」

這篇文章是為荔枝圖畫所寫的說明，主要是介紹荔枝這種水果。從文中可以看到，作者從整體到局部，由外表到內核，對荔枝的產地、樹形、花葉、果實等方面逐一加以描述，雖然用字很少，卻寫出了荔枝的形態特徵，以及給人色、香、味俱全的感覺，寫得十分生動，細緻入微。并且有許多精彩的比喻。文中用幾種日常生活常見的事物作比較，非常自然、貼近，又寫出荔枝樹在不同季節的變化，令人對荔枝有了很具體的印象。

　　據說唐玄宗因為楊貴妃愛吃荔枝，就曾選用快馬日夜不停地從產地把荔枝馳送往長安。杜牧的詩作《過華清宮絕句》這樣寫道：「一騎紅塵妃子笑，無人知是荔枝來」。由此可見這種水果的珍貴。這篇文辭精美，信息詳盡的小品文，讓人們對荔枝有了更充分的瞭解。

小分享

1. 你吃過荔枝嗎？喜不喜歡？試畫一顆荔枝，並標明各部位的名稱。

2. 回想一下你吃過的某種水果的外形、味道、特點，再和同學們交流。

3. 參觀一下本地的水果店，瞭解甚麼水果最多人愛買、愛吃，和你自己喜愛的比較一下。

4. 到農場或果園參加一次收摘水果的活動，然後寫一下你的感想、感受。

古文遊準備出發!

　　這天，唐向文見到何巧敏，見她頭髮濕漉漉的，便問：「你這是怎麼了？」

　　何巧敏說：「我一早去游泳了，這是我假期鍛煉身體的計劃之一。」

　　唐向文說：「很好嘛，我也喜歡游泳。改天我們可以一起去啊。」

　　何巧敏說：「好啊。不過今天我們先出發去古文世界吧。」

　　唐向文說：「是的，這一次我們的古文遊，要向哪裏進發呢？」

　　何巧敏拿出《小學生古文遊》的電子書，打開了，說：「這一次的目的地，也和水有關係呢。」

　　唐向文點點頭，立刻用心閱讀電子屏上顯示出來的文字……

第十遊——唐代永州湘江

○ 進入

✕ 取消

原文

哀溺文序（節錄）　柳宗元

　　永[1]之氓[2]咸善游[3]。一日，水暴甚[4]，有五、六氓，乘小船絕[5]湘水[6]。中濟[7]，船破，皆游。其一氓盡力而不能尋常[8]。其侶[9]曰：「汝善游最也，今何後為[10]？」曰：「吾腰[11]千錢，重，是以後。」曰：「何不去之[12]？」不應，搖其首。有頃[13]益怠[14]。已濟者立岸上呼且號[15]曰：「汝愚之甚，蔽[16]之甚！身且[17]死，何以貨[18]為？」又搖其首，遂溺死。

【注釋】

1. 永：永州，治所在今湖南省零陵縣。

2. 氓：⑨ man4（民）；⑪ méng。老百姓。

3. 咸善游：都擅長游泳。

4. 水暴甚：江水漲得很厲害。

5. 絕：橫渡。

6. 湘水：即湘江，湖南省最大的河流。

7. 中濟：渡到河中央。濟：渡。

8. 尋常：古代八尺為尋，兩尋為常。

9. 侶：同伴。

10. 何後為：為甚麼會落後。為：句末助詞，這裏表疑問。

11. 腰：這裏用作動詞，纏在腰間。

12. 去之：把腰間纏着的錢丟掉。去：除去、拋棄。之：
    代詞，指腰間纏着的錢。

13. 有頃：不一會兒。

14. 益怠：更加疲憊無力。

15. 號：大聲叫喊。

16. 蔽：蒙蔽，腦子不開竅。

17. 且：將。

18. 貨：金玉布帛的總名，即財物。

何巧敏說：「我們現在請《小學生古文遊》
的網絡主持人宋導師來解讀這個故事吧。」說
着她按下一個電子鍵，宋導師出現在眼前。

宋導師點頭道:「歡迎來到唐代的永州湘江邊遊覽,請看!」

今讀

　　永州人都善於游泳。一天,江水忽然暴漲,有五六個人乘着小船橫渡湘江。到了江中,船破了,船上的人紛紛跳江游水逃生。其中一個人用力拼命游,但仍然游不了多遠。他的同伴說:「你向來最會游泳,現在為甚麼游得這麼慢,落在最後呢?」他回答說:「我的腰上纏着一千文錢,重得很,所以游不快。」同伴說:「為甚麼不把那些錢丟掉?」他搖頭不語。過了一會兒,他氣力不繼,游得更慢了。已經渡江的人站在岸上,對他

大聲呼叫：「你太愚蠢，糊塗到極點了！人都快被淹死了，還要錢來做甚麼？」他又搖了搖頭不說話，結果就淹死了。

看了之後，唐向文說：「謝謝宋導師，現在我完全明白了。請問這篇文章的作者柳宗元是一個甚麼樣的文學家，有些甚麼成就？」

小寶典

　　柳宗元（公元 773 — 819 年），字子厚，唐代河東（今山西省永濟縣）人。曾因參與王叔文所領導的政治改革，失敗後被貶，卒於柳州刺史任上，世稱「柳河東」或「柳柳州」。

柳宗元是「唐宋八大家」之一，與韓愈同為「古文運動」的倡導者。他的文章多為說理之作，以嚴謹取勝；寓言則篇幅精短，筆鋒犀利。柳宗元的山水遊記尤為著名，寫景狀物，多有寄託；他的詩詩風與陶淵明、謝靈運相近，是唐代山水文學的佼佼者。

《哀溺文》載於《柳宗元集》第十八卷。原文由序和正文兩部分組成，序是一篇散文體的寓言，正文是一段仿《楚辭》體裁的抒情小賦。這裏所節選的是序文的一部分。

何巧敏和唐向文看過了，一起說：
「謝謝宋導師指教！」

宋導師揮揮手：「不用謝。你們還要繼續用心學習，以下，我給大家一些小小的提示。」

小提示

這篇文章是柳宗元被貶永州後寫的具有諷刺意味的寓言故事。題目的「哀溺」，是哀歎溺水者的意思，作者哀歎故事中那個因貪婪而喪生的溺水者至死不悟，從而諷刺當時社會上的那些不顧一切、追求利益之徒。

那一個富有的永州人，本來有水中求生的本領，但他愛錢甚於生命，結果不但長處沒發揮出來，反而因此送了性命。儘管他人曉以利害，告訴他命沒有了，錢也沒用了，但那人仍然拒絕放棄身上的錢袋，結果淹死了。本文諷刺了世上貪得無厭，愛財如命的人，警告同類者如果不醒覺回頭，就會葬身在名利場中，再多的錢財也沒有用，只會成為負累。

本篇文章用字凝煉，簡潔明快。作者透過同伴和遇溺者的兩次對話及他的反應，寫出他貪財致死的不智，溺水者不聽忠告，愚昧固執的形象躍然紙上。

　　寓言文學在我國有着悠久的歷史，戰國時就已取得很高的成就。柳宗元繼承發展了前代寓言的優良傳統，並作出了獨特的貢獻。這篇寓言短小精悍而又意味深長，作者藉事設喻，將深刻的道理用形象的故事表達出來，發人深省，筆鋒犀利，富於諷刺文學的特色。

小分享

1. 你認為金錢是不是萬能的，為甚麼？
2. 除了金錢之外，世上有甚麼是很寶貴、值得珍惜的？你和同學們互相交流一下。
3. 你喜歡游泳運動嗎？為甚麼？講一講游泳對鍛煉身體的好處。

古文遊準備出發！

過了兩天，何巧敏和唐向文依約在公園見面。

唐向文問：「古文遊的天地寬廣，我們今天會去哪裏呢？」

何巧敏拿出《小學生古文遊》的電子書，打開了，說：

「你讀讀這一篇吧。」

唐向文點點頭，立即用心閱讀電子屏上顯示出來的文字。

第十一遊——唐代敦煌

進入

取消

歡迎來到今次的古文學習！

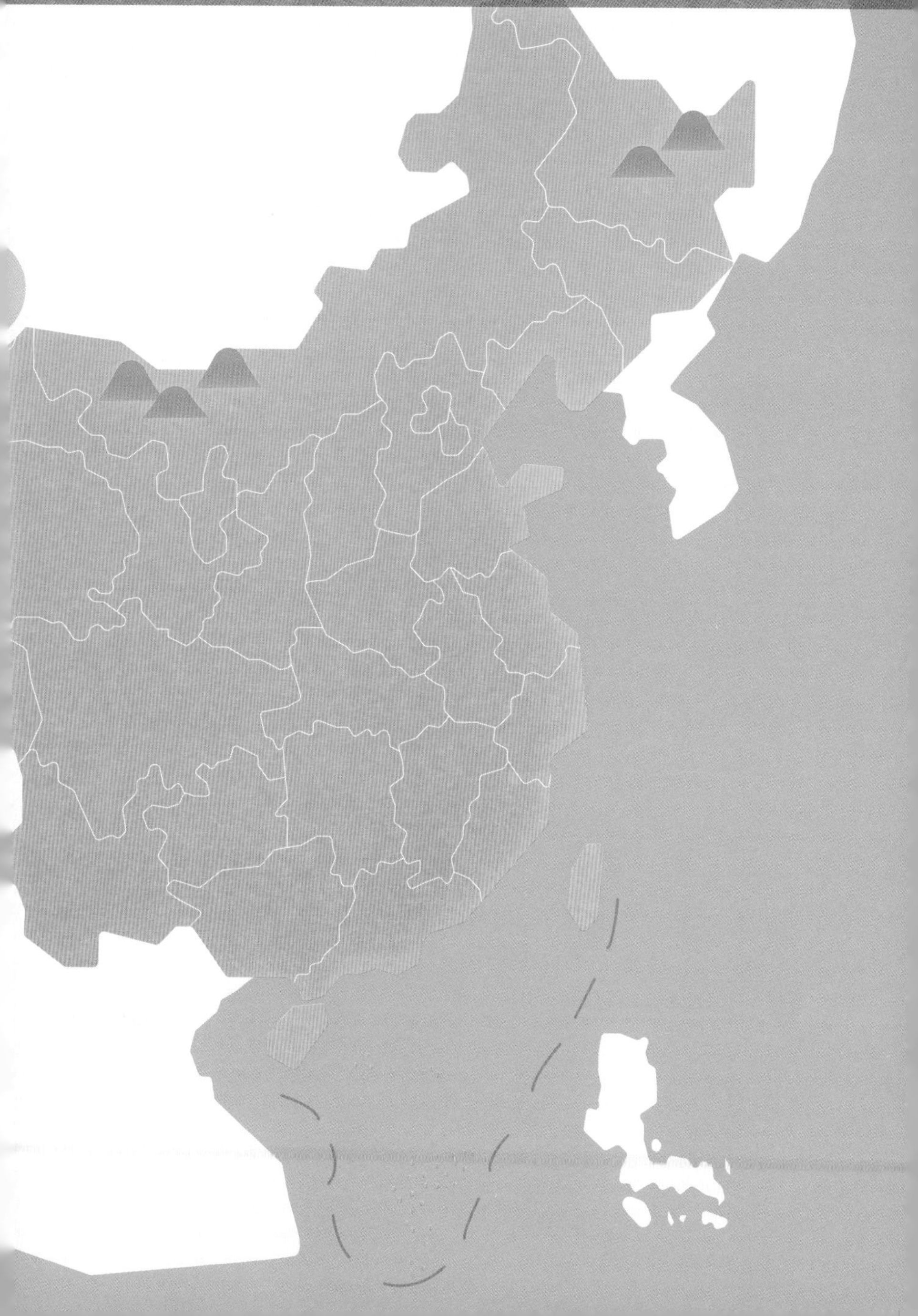

原文

閔子騫[1] 童年　敦煌變文

　　閔子騫，名損，魯人也。父取[2]後妻，生二子，騫供養父母，孝敬無怠[3]。後母嫉之，所生親子，衣加棉絮[4]，子騫與[5]蘆花絮[6]衣。其父不知，冬月，遣子御[7]車，騫不堪[8]甚，騫手凍，數失繮[9]靷[10]，父乃責之，騫終不自理[11]。父密察[12]之，知騫有寒色，父以手撫之，見衣甚薄，毀[13]而觀之，始知非絮。後妻二子，純衣以綿。父乃悲歎，遂遣其妻[14]。子騫雨淚[15]前白父曰：「母在一子寒，母去三子單[16]，願大人思之。」父慚而止。後母悔過，遂以三子均平，衣食如一，得成慈母。孝子聞於天下。

敦煌變文

【注釋】

1. 閔子騫：春秋時魯國人，孔子弟子。生性孝順，以德行與顏淵並稱。閔：粵 man5（敏）；普 mǐn。騫：粵 hin1（牽）；普 qiān。

2. 取：粵 ceoi2（娶）；普 qǔ。同「娶」。

3. 怠：怠慢，輕慢。

4. 衣加棉絮：在衣物裏鋪上棉花。

5. 與：給予。

6. 蘆花絮：蘆花的纖維，但遠不及棉花保暖。

7. 御：通「禦」，駕馭。

8. 堪：承受。

9. 繮：粵 goeng1（薑）；普 jiāng。同「韁」，拴牲口的繩子。

10. 靷：粵 jan5（引）；普 yǐn。引車前行的皮帶。

11. 自理：自己說明道理，申辯。

12. 密察：秘密觀察。

13. 毀：撕破衣服。

14. 遣其妻：送妻子回娘家，意思是休妻。遣：遣送。

15. 雨淚：流淚。

16. 單：孤苦無依。

唐向文看完之後,問:「這篇古文,應該怎樣用現代的語言解讀呢?」

何巧敏說:「我們現在就請《小學生古文遊》的網絡主持人宋導師來指導吧。」

宋導師點頭道:「歡迎來到唐代敦煌閱讀這個故事,請看!」

閔子騫，也叫做損，是春秋時代的魯國人。他的父親娶了個後妻，生了兩個孩子。後母不喜歡閔子騫，但閔子騫仍非常孝順。冬天後母給兩個親生兒子穿上棉花做的衣服，給閔子騫的卻是用蘆葦絮做的。閔子騫的父親不知道這個情況，寒天裏還讓他駕車。閔子騫冷得發抖，幾次拿不穩韁繩，父親便斥責他，但他始終不為自己辯解。後來父親仔細觀察，發現他臉色很差，像在捱凍；於是用手摸摸他，發現閔子騫穿得非常單薄，父親撕開他的衣服一看，發覺那原來不是棉衣。父親非常生氣悲痛，要把後妻趕出家門。閔子騫流着眼淚，勸父親不要這樣做，因為現在只有他一個人捱凍，但如果趕走後母，三個兒子都會無人照顧。他的父親受到感動而打消了休妻的念頭，後母也改過自新，平等地對待三個兒子。閔子騫的孝順事跡也被人們廣為傳頌。

看了之後，唐向文說：「謝謝宋導師，現在我完全明白了！」

何巧敏說：「是啊！宋導師，我還想請教，這篇文章為甚麼叫做『變文』？作者是甚麼人？」

小寶典

　　變文是唐代的一種說唱體文學作品，當時有一種稱為「轉變」的說唱藝術，在表演時，往往與圖畫相配合，一邊向聽眾展示圖畫，一邊說唱故事。圖畫稱為「變相」，說唱故事的底本則稱為「變文」。故事內容大體可分兩類，一類講述佛經故事，宣揚佛教經義；一類講述歷史傳說或民間故事。作者也是來自民間。

　　這些作品於清朝光緒末年，在甘肅敦煌莫高窟藏經洞中被發現，所以又稱為「敦煌變文」。近代人王重民、向達等編的《敦煌變文集》輯錄較為全面，是研究中國古代說唱文學和民間文學的重要資料。本文選自《敦煌變文集》中的《孝子傳》。

宋導師待大家看完說：「以下，我再給你們一些小小的提示。」

小提示

　　這一篇變文，是寫孔子弟子閔子騫的故事，主題是宣揚孝道美德，富有濃厚的教育意義。閔子騫是春秋時代有名的孝子，小時候受到繼母的虐待，但他始終懷着感恩的心，總是往好處想，即使被繼母欺凌，被不公平對待，也能默默忍受，尊敬父母，盡守孝道。

　　故事以「棉衣」事件為中心，一波三折，起伏跌宕。通過閔子騫再三忍讓，不計較他人過失，

作者為閔子騫刻畫了寬厚仁愛的孝子形象。更動人的是子騫處處為他人着想，父親要把後母休去，閔子騫想到同父異母的兩個弟弟無母後孤單無依的處境，哭着阻止父親，這樣的胸襟廣闊、寬容大量，更不是一般人所能做得到的。

小分享

1. 為甚麼說孝順是一種美德？談一下你的看法，和同學們互相交流。

2. 回想一下，從小到大，你能感受到父母、長輩對你的疼愛嗎？試寫出一兩個實際事例。

3. 你會做家務嗎？會做哪一些？除此之外，在短期內訂一計劃，再學會新的一、二項。

4. 怎樣才能成為孝順的孩子？寫出你的見解。

　　這一天，唐向文看見何巧敏拿着一塊翠綠色的心形玉件，好奇地問：「這是甚麼？」

　　何巧敏說：「這是媽媽送給我的生日禮物，用玉石做的小首飾。」

　　唐向文說：「很精美啊！」

　　何巧敏說：「嗯，我們今天的古文遊，也是和玉石有關的。」

　　唐向文眼睛一亮，說：「真的嗎？快拿出電子書來看看！」

　　於是，何巧敏拿出《小學生古文遊》的電子書，打開了，唐向文立刻用心閱讀電子屏上顯示出來的文字……

第十二遊——北宋廬陵

○ 進入

✕ 取消

原文

誨學　歐陽修

　　玉不琢，不成器，人不學，不知道[1]。然玉之為物，有不變之常德[2]，雖不琢以為器，而猶不害[3]為玉也；人之性[4]，因物則遷[5]，不學，則捨[6]君子而為小人，可[7]不念[8]哉？

【注釋】

1. 「玉不琢」四句：原出《禮記・學記》。意思是璞玉不經琢磨，不會成為貴重的玉器。人沒有受過教育，不會明白道理。
2. 常德：恆常不變的本質。
3. 害：損害。
4. 性：品性。
5. 因物則遷：隨着外部環境改變。
6. 捨：放棄。
7. 可：這裏表示反問，難道可以的意思。
8. 念：考慮，反省。

何巧敏說：「我們現在就請《小學生古文遊》的網絡主持人宋導師來指導吧。」說着她按下一個電子鍵，宋導師立刻出現在眼前。

宋導師點頭道：「歡迎來到北宋廬陵遊覽，請看！」

今讀

《禮記・學記》中寫道：玉石不經過雕琢，不能成為精美的玉器；人不通過學習，就不懂得道理。然而玉石作為一種天然物質，具有恆常不變的品質，即使不將它雕琢為玉器，也無損它作為玉石的本質。可是人卻不同，品性會因外部環

境的影響而發生變化，如果不學習，就不能成為君子，反而變成小人，這難道不值得我們反思和警覺嗎？

看了之後，唐向文說：「宋導師，瞭解了這篇文章的道理以後，我還想知道作者歐陽修的生平事跡以及他的文學成就。」

小寶典

歐陽修（公元 1007—1072 年），字永叔，號醉翁，又號六一居士，北宋廬陵（今江西省吉安市）人。仁宗天聖年間進士，曾任參知政事等職。由於支持范仲淹推行政治革新，與朝廷中的保守勢力形成對立，也因此而遭忌恨彈劾，曾屢次被貶。

　　歐陽修是當時公認的文壇領袖，對宋代文學的發展起了重要作用，是「唐宋八大家」之一。他在散文、詩、詞各方面都成就卓著，其中散文的成就最高。他的文章，無論議論、敍事，或是寫景、抒情，都簡潔曉暢，氣度從容。他平易婉約的文風，代表了北宋散文的主要風格特色。

宋導師說：「我再給大家一些小小的提示吧。」

　　這篇短文把人的品性與玉的本質作對比，簡明扼要地論證了學習對於人的重要意義。

　　玉在中國文化中歷來都很受重視，甚至比金、銀還要珍貴。而玉是藏在石頭中的寶石，要將石剖開，才能把玉取出來，並且要經過精心琢磨，才能變成美玉。

小提示

「玉不琢，不成器；人不學，不知道」，歐陽修在文章的開頭提出《禮記・學記》的話，似是老生常談，但他卻從中提出一個新的角度。他敏銳地捕捉到二者的不同，由舊句生出新意：玉有「不變之常德」，即使不經雕琢，仍不失為玉；而人的品性「因物則遷」，若不學習，則無法成為通達事理、有益社會的君子。通過這一對比，更深化了學習的重要性。

小分享

1. 和同學們交流一下，為甚麼我們要上學讀書？

2. 你希望自己成為一個甚麼樣的人？準備如何達到你的目標？

3. 詢問父母親對你有甚麼期望，和你自己的目標比較一下，看看有甚麼相同和不相同之處。

假期快結束的時候，何巧敏與唐向文在公園見了面。

唐向文迫不及待地問：

「這假期最後一次古文遊，我們會往哪裏去呢？」

何巧敏說：「我們不是剛剛讀過北宋大文豪歐陽修的文章嗎？為了進一步瞭解他，我選了這一篇。」說着，她拿出《小學生古文遊》的電子書，打開了，說：

「你來讀一讀吧。」

唐向文點點頭，立刻用心閱讀電子屏上顯示出來的文字⋯⋯

第十三遊——北宋廬陵

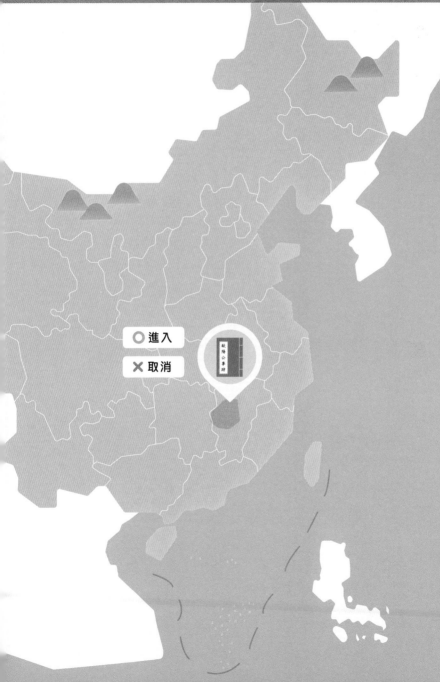

原文

畫荻[1]　《歐陽公事跡》

先公[2]四歲而孤[3]，家貧無資[4]，太夫人[5]以荻畫地[6]，教以書字[7]，多誦[8]古人篇章，使學為詩[9]。及其稍長，而家無書讀，就[10]閭里[11]士人[12]家借而讀之，或[13]因而抄錄。抄錄未畢，而已能誦其書。以至晝夜忘寢食，惟讀書是務[14]。自幼所作詩賦文字，下筆已如成人。

歐陽公事跡

【注釋】

1. 荻：（粵）dik6（狄）；（普）dí。這裏泛指蘆荻一類的草本植物。

2. 先公：先父，對去世父親的稱呼。

3. 孤：幼年時失去父親。

4. 資：財物。

5. 太夫人：對祖母的稱呼。

6. 畫地：在地上描畫。

7. 書字：寫字和認字。

8. 誦：背誦。

9. 使學為詩：讓他學着作詩。

10. 就：向。

11. 閭里：鄉里，同鄉。閭：⚇ leoi4（雷）；⚈ lú。

12. 士人：古時對讀書人的通稱。

13. 或：有時。

14. 惟讀書是務：一心只讀書。

唐向文看完之後，說：「這篇文章用現代的語言，應該怎麼樣解讀呢？」

何巧敏說：「我們現在就請《小學生古文遊》的網絡主持人宋導師來指導吧。」

今讀

　　這節文字包含了兩個故事，說明歐陽修早年苦學的情形。一個是「畫荻」，儘管客觀條件極其艱苦，但歐陽修的母親並沒有放棄兒子的教育，親自教導兒子識字讀書，想盡各種辦法讓他能繼續學習。另一個是歐陽修借讀、抄錄他人之書的故事。歐陽修天資聰穎，抄錄未畢，已能背誦其書，最重要還是他專心致志，廢寢忘食的苦讀，「惟讀書是務」，故學問自能猛進。

　　看了之後，唐向文說：「謝謝宋導師，現在我完全明白了。歐陽修從小就那麼刻苦學習，他的成就真是來之不易啊。」

何巧敏說：「是啊！他是我們學習的榜樣。」

小寶典

本文節錄自《歐陽公事跡》，該文記述了北宋著名文學家歐陽修的生平事跡，是根據他的兒子歐陽發等人的傳述記錄而成，附於《歐陽文忠公集》之後。

宋導師說：「那麼我再給你們一些小小的提示吧。」

小提示

這篇文章寫的是北宋文學家歐陽修童年時，刻苦勤奮學習的故事。歐陽修四歲的時候，父親去世，家境貧困，生活的重擔全壓在了母親的身上。雖然生活艱難困苦，但歐陽修的母親絲毫不肯放鬆對兒子的教育。沒有錢買筆墨紙張之類的學習用

品，她就用荻草當作筆，把字寫在沙地上，教歐陽修認字、寫字。後來，「畫荻」成為一個典故，用來形容母親辛苦教子。

年幼的歐陽修在母親的悉心教育和自己的刻苦努力下，日後終於成為大文學家。

也許因為他幼年苦學，深知讀書不易，所以歐陽修在文壇上建立了地位之後，十分樂於提拔人才。《宋史》本傳說他：「獎引後進，如恐不及。賞識之下，率為聞人。」如蘇軾、王安石、曾鞏等，都是在他直接、間接的培養和鼓勵下，成為宋代著名的文學家。

知識改變命運，無論是甚麼人，只有認真學習，才能有所成就。一個人在成長的時期，家庭環境不好，表面上看來是悲慘的事，但對於有志氣的孩子來說，卻未必是壞事。因為困苦的環境會促使孩子早懂事，早立志，奮發圖強，刻苦用功，化為學習的動力。有許多像歐陽修那樣成名的偉人生平奮鬥經過，已經證明了這樣的事實。

小分享

1. 父母親對你的學習成績有甚麼期望？他們希望你將來會成為怎樣的人？你可以找機會和他們談一談，互相交流一下。

2. 歐陽修的生活、學習條件與你現在的相比，有些甚麼分別？他的童年苦學故事，有些甚麼啟示？和同學們交流一下。

3. 除了學校老師佈置的作業和必讀的教科書之外，你還會通過甚麼學習途徑，去增進自己的知識？

4. 你喜歡看課外書嗎？最愛看的是甚麼書？為甚麼？

附錄

周處除三害
《世說新語》·西晉

遊覽地點

義興：今江蘇省宜興市。傳說為了避諱宋太宗趙光義的名字，將城名改為宜興。

今日名勝

宜興市地處江蘇南部、太湖西岸，蘇浙皖三省交界處。它盛產紫砂陶土，製成的紫砂壺享譽中外，而被譽為中國「陶都」。

望梅止渴
《世說新語》·東漢末年

遊覽地點

沛國：沛國是西漢開始設立的一個郡級別的行政區劃，轄區根據時代的變遷多有變化。曹操是沛國譙縣人，即今天安徽亳（bó）州。

今日名勝

據稱亳州已經有 3700 年的歷史。是曹操父子、華佗、夏侯惇等三國名人的家鄉。當地有不少名人的遺跡。

白雪紛紛何所似
《世說新語》·東晉

遊覽地點

陳郡陽夏：今河南省太康縣。這裏正是東晉著名士族陳郡謝氏的發源地。

今日名勝

太康縣為歷史名城，城內有文廟、太康墓、吳廣塔、壽聖寺塔等，境內有多處仰韶、二里頭和商、周、秦、漢時期的文化遺址。

答謝中書書
陶弘景·南北朝

遊覽地點

丹陽秣陵：今江蘇省南京市江寧區。南京簡稱「寧」，別稱金陵，是中華人民共和國江蘇省省會。

今日名勝

南京有 2500 多年的建城史，先後有東吳、東晉、南朝宋、齊、梁、陳、南唐、明朝、太平天國、中華民國等十個朝代及政權定都南京，有「六朝古都」「十朝都會」之稱。是國家首批國家歷史文化名城。城內有玄武湖、紫金山、雞鳴寺、夫子廟、明孝陵、中山陵等名勝古蹟。

折箭
《魏書》·南北朝

遊覽地點

吐谷渾：西晉至唐代存在的古國。位於祁連山脈和黃河上游谷地（今甘肅、青海省一帶）。

今日名勝

　　青海具有美麗的西北風光，青海湖是中國最大的湖泊與鹹水湖，另外祁連山和崑崙山，在中華文化中亦有重要的地位。

春夜宴從弟桃李園序
李白·唐代

遊覽地點

安陸：今湖北省安陸縣。

今日名勝

　　李白曾經在安陸白兆山隱居多年，現今當地仍有許多關於詩人的遺跡。

雜說四
韓愈·唐代

遊覽地點

河南南陽：今河南省孟州市。

陋室銘
劉禹錫·唐代

遊覽地點

和州：唐代和州位於今天的河北省，相當於邢台市附近。

邢台歷史悠久，現今當地還有唐高宗李治為保護高祖李淵以及先祖墳塋而修設的大唐帝陵，供奉扁鵲的扁鵲廟，唐代開元年間建造的開元寺，代表邢台城市原點的明代建築清風樓等。

荔枝圖序
白居易 · 唐代

忠州：忠州是唐代設置的一個州，治所在今天重慶市的忠縣，位於長江流域。

重慶市是中國的直轄市之一，旅遊資源豐富。當地有世界遺產大足石刻，長江三峽、白帝城、磁器口、洪崖洞等名勝古蹟。

哀溺文序
柳宗元 · 唐代

永州：隋朝開始設立的一個州，範圍大致相當於今天湖南省湘江流域和廣西壯族自治區的一部分，唐代永州治所在零陵縣，即今天湖南省永州市。

閔子騫童年
敦煌變文 · 唐代

敦煌：位於中國甘肅省西北，是古代絲綢之路的重鎮。

敦煌的自然景觀有鳴沙山和月牙泉等。在1987年被列入世界遺產的敦煌莫高窟也位於此地。莫高窟開鑿於前秦，直至元朝陸續開鑿一千多年，是世界上現存規模最大、保存最完好的石窟寺。石窟內有着豐富的佛教壁畫、造像藝術珍寶，二十世紀初發現的藏經洞內藏有四萬多件經卷等文物。目前，國際上已經興起了以研究敦煌石窟及相關文化、歷史為主的「敦煌學」。中國政府亦在這裏建立了國家級的敦煌研究院。

誨學
歐陽修·北宋

廬陵：歐陽修是北宋吉州廬陵人。廬陵相當於今天的江西省吉安市。

吉安市內有著名的白鷺洲書院，吉州窯遺址和歐陽修故里等古蹟。

畫荻
《歐陽公事蹟》·北宋

廬陵

小學生古文遊 ③

周蜜蜜 編著

責任編輯：楊 歌
裝幀設計：小 草
排版：賴艷萍
印務：劉漢舉

出版 / 中華教育

香港北角英皇道 499 號北角工業大廈 1 樓 B
電話：(852) 2137 2338 傳真：(852) 2713 8202
電子郵件：info@chunghwabook.com.hk
網址：http://www.chunghwabook.com.hk

發行 / 香港聯合書刊物流有限公司

香港新界大埔汀麗路 36 號 中華商務印刷大廈 3 字樓
電話：(852) 2150 2100 傳真：(852) 2407 3062
電子郵件：info@suplogistics.com.hk

印刷 / 美雅印刷製本有限公司

香港觀塘榮業街 6 號海濱工業大廈 4 字樓 A 室

版次 / 2018 年 11 月第 1 版第 1 次印刷
©2018 中華教育

規格 / 32 開（195mm x 140mm）
ISBN / 978-988-8571-16-1